BilderMaus

Franziska Gehm

Geschichten von der kleinen Elfe

Illustriert von Elke Broska

LESELÖWEN
Das Original

www.leseloewen.de

FSC
www.fsc.org
MIX
Papier aus verantwortungsvollen Quellen
FSC® C023419

ISBN 978-3-7855-8252-7
1. Auflage 2016
Überarbeitete Neuausgabe

Illustrationen: Elke Broska
Umschlaggestaltung: Tobias Laxy
Reihenlogo: nach einem Entwurf
von Angelika Stubner
Printed in Italy

www.loewe-verlag.de

Inhalt

Ein Pferd für eine Elfe

„Ich will, ich will, ich will!“,

ruft  Elfriede und stampft

mit dem  auf. Sie ist sauer

wie eine . Sie will endlich

ein . Ihre Mama sagt:

„Ein  ist für eine kleine 

viel zu groß.“

„Stimmt“, brummt Papa.

„Warum wünschst du dir nicht

eine  oder einen 

wie alle anderen ?“

Elfriede verdreht die  .

„Das ist doch für  !

Ich will reiten. Wie ein  .“

Mama lacht. „Du kannst doch

noch nicht mal schwimmen.“

Elfriede bekommt einen roten .

Stimmt leider. Im 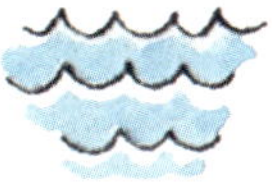 ist sie

eine 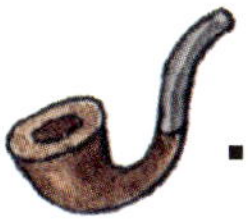. Papa zwickt Elfriede in

die . „Vielleicht klappt es doch

mit dem ."

Mama schaut Papa erstaunt an.

Der legt nur den  auf den .

Später klopft er bei Elfriede an

die . „Komm“, sagt er und führt

die kleine  an der  in den .

Dort steht ein kleines .

Elfriede zieht Papa am .

„Muss ich schwimmen?“

Papa grinst. „Nein, reiten.“

Elfriede runzelt die .

Hat Papa nicht mehr alle 

im  ? „Sieh in das  !“,

sagt Papa. Die kleine 

beugt sich über das .

Da schwimmt etwas.

„Ein  !“, ruft Elfriede und ist

schon mit einem  im  .

„Deine  !“, ruft Papa.

Elfriede winkt lässig ab.

„Ich brauche nur den  .“

Peter Pandabär

Elfriede ist mächtig aufgeregt.

Immerzu schielt sie zu Peter.

Der sitzt alleine unter dem .

Die anderen  nennen ihn

Peter . Wegen seiner

runden . Alle anderen 

haben spitze .

Doch  Elfriede findet Peter

wunderschön. Viel schöner als

alle ,  oder .

Und am allerschönsten findet

sie seine 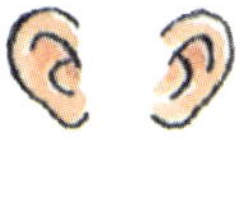.

Wenn sie die sieht, muss sie

immer an  und  denken.

Lecker! Elfriede fasst sich ein 

und saust zum  .

„Hallo, Peter!“, sagt sie und lässt

sich aufs  plumpsen.

Peter schaut die kleine 

neugierig an. Seine  leuchten

wie zwei . „Ich hab was

für dich“, sagt Elfriede und holt

ein  hinter dem  hervor.

Peter macht große  .

„Oh,  ?“, fragt er.

Elfriede nickt. „Mit  drin.

Hab ich selbst reingezaubert.“

Peter setzt die  auf.

„Schön warm und schön laut“,

findet er. Die kleine  strahlt.

„Und schön rund wie deine !“

Peter grinst. „Wollen wir

die  teilen?“

Er stülpt Elfriede den rechten 

über und sich selbst den linken.

Wie zwei  kleben sie  an 

zusammen.

Die anderen  staunen .

Doch Elfriede und Peter sehen sie

nicht. Sie haben die  zu und

träumen. So sitzen sie unter

dem , bis die  untergeht.

Elfriede im Rüssel

Elfriede spielt mit Peter im .

Schnell wie eine  saust sie

vor Peter her. „Fang mich doch, du

lahme !“, ruft sie und kichert.

Plopp! Auf einmal ist alles dunkel.

„Au !“, denkt Elfriede.

„Ein !“

Plötzlich brüllt jemand: „Raus aus

meinem , aber rambazamba!“

Elfriede zittern die  und

ihre 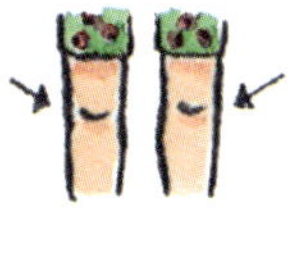 werden weich wie .

„Elfriede, komm da raus!“, ruft

Peter. „Der  wird sauer!“

Doch die kleine  steckt im 

fest wie eine  im .

Ach du dickes 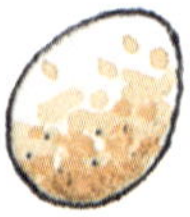 – was nun?

„Am besten in der  bohren“,

meint Peter und stochert mit

seinem  im . Aber der 

ist zu kurz. „Kitzel den ,

dann schnaubt er!“, ruft Elfriede.

Peter zwickt den  am 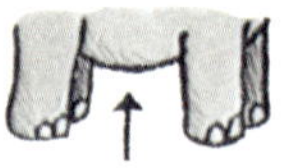 ,

hinter den  und an den  .

Nichts. Elfriede seufzt.

„Ich hab’s“, sagt Peter und

schwenkt den  .

„Hokuspokus her den , niesen muss der “, singt er. Plötzlich macht es *peng!* und aus dem  kommt eine dicke  aus .

Der  atmet ein.

Dann streckt er den 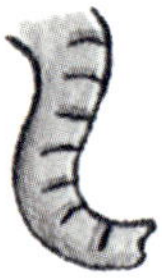 gerade

wie eine  nach oben, kneift

die  zusammen und brüllt:

„HAAPÜÜ–TSCHII!“

Der  zuckt wie ein .

Die kleine  schießt heraus.

Sie ist schnell wie eine .

„Juhu, so fängst du mich nie!“,

ruft sie Peter kichernd zu.

Schwupp – weg sind die .

Ein großer Wunsch

Zack! „Hab dich, kleine  !“, ruft Max. Er schraubt das  zu, in dem er  Elfriede gefangen hat.

Sie ist so groß wie seine  .

„Lass mich raus, du  !“, schimpft die kleine  . „Erst darf ich mir was wünschen“, stellt Max klar.

Elfriede verdreht die 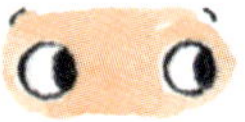.

„Na schön. Was?“

Max stellt sich auf die 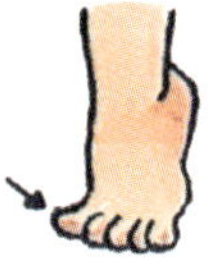.

„Ich will endlich groß sein!“, ruft er.

Elfriede spitzt die .

„Geht nicht. Der  wirkt nicht durch . Leider“, seufzt sie und spielt mit dem 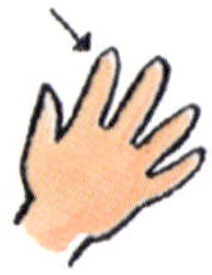 an dem  an der 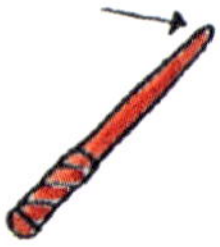 ihres .

Max denkt nach.

„Na gut“, sagt er dann und

schraubt den  vom .

„Wehe, du schwindelst!“

Die kleine  fliegt hinaus und

schwingt den .

Poff, puff, piff!, macht es und lauter kleine  schießen aus dem . Max kneift die  zu. Als er sie wieder öffnet, sind die  verschwunden.

Und die kleine  ? „Huhu, hier bin ich!“, ruft sie. Elfriede sitzt auf der 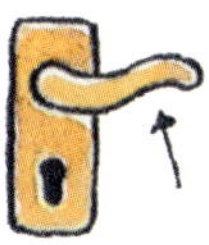 und baumelt mit den  .

Max staunt. Sie ist nur noch so groß wie sein 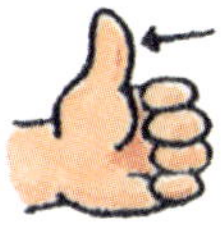 .

„Dein  ist kaputt. Guck:

Ich bin nicht größer geworden“,

sagt Max verwundert.

„Doch. Für mich schon“, antwortet

die kleine .

„Denn ich bin jetzt klein wie

eine 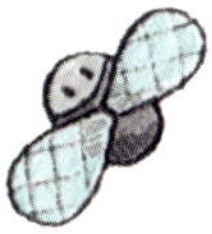 “, kichert sie.

Dann fliegt sie durch das 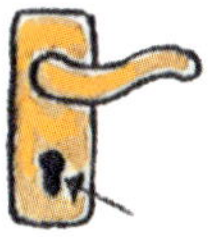

davon und ruft Max zu:

„Tschüss, du  !“

Die Wörter zu den Bildern:

Elfe

Fuß

Zitrone

Pferd

Libelle

Schmetterling

Augen

Babys

Cowboy

Kopf

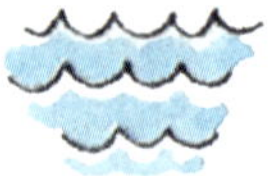
Wasser

Pfeife

Nase

Finger

Mund

Tür

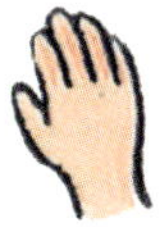 Hand

 Schwimmflügel

 Garten

 Cowboyhut

 Planschbecken

 Fliegenpilz

 Ärmel

 Pandabär

 Stirn

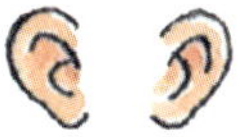 Ohren

 Tassen

 Prinzen

 Schrank

 Fußballer

 Seepferdchen

 Sänger

 Bein

 Lollis

 Bonbons

 Herz

 Moos

 Kirschen

 Geschenk

 Rücken

 Ohrenschützer

 Radio

 Bauklötze

 Sonne

 Zoo

 Sternschnuppe

 Ente

 Backe

 Tunnel

 Rüssel

 Flügel

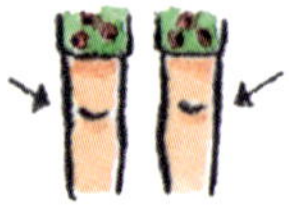 Knie

Zuckerwatte

Kerze

Elefant

Blitz

Tomate

Rakete

Gartenschlauch

Glas

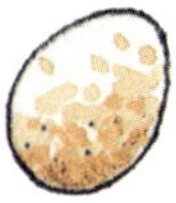
Ei

Esel

Zauberstab

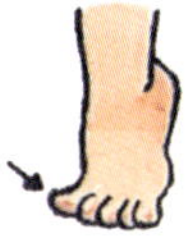
Zehenspitzen

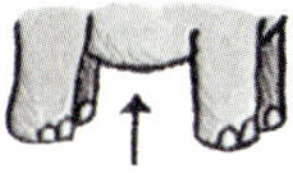
Bauch

Lippen

Sand

Stern

Wolke

Spitze

Deckel

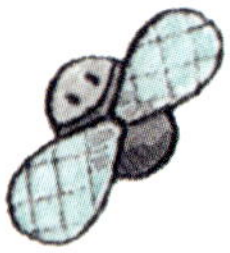
Fliege

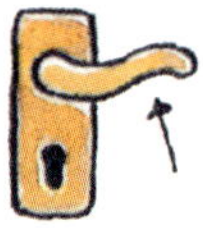
Türklinke

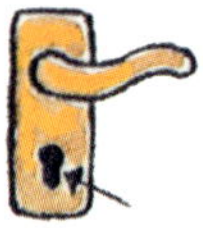
Schlüsselloch

Daumen

Riese

Franziska Gehm, 1974 geboren, lebt als Autorin und Übersetzerin mit ihrer Familie in München. Sie hat zahlreiche Kinder- und Jugendbücher veröffentlicht, die in viele Sprachen übersetzt wurden.

Elke Broska, geboren 1980, studierte Grafik- und Kommunikationsdesign an den Fachhochschulen in Bielefeld und Mainz mit den Schwerpunkten Illustration und Buchgestaltung. Seit 2007 ist sie als freie Illustratorin für zahlreiche Verlage tätig. Sie lebt und arbeitet in Wiesbaden.